SV

Fenster und Stimmen

Gedichte von Jürgen Becker

Bilder von Rango Bohne

Suhrkamp

Erste Auflage 1982

Druck: Nomos Verlagsgesellschaft, Baden-Baden
Printed in Germany

Fenster und Stimmen

Geschehen in der Vorgeschichte

in der Erwartung der Ouvertüre
nichts bewegt sich zwischen den Kulissen
etwas hat angefangen mit Windstille
der Schatten morgens reicht in den Schatten abends
das Meer bewegt nicht einmal einen Baum
vom Schlaf wird das Gebüsch erzählen
Wache halten die Vorhänge
von jetzt an wird nichts mehr geschehen

Zögernd betritt der Besucher das Zimmer

Komm ruhig herein. Ich weiß, draußen
der Weg führt am Haus vorbei.
Die Gänse haben gewarnt, hab ich gehört,
und erst mal der Hund. Jetzt sind
die Tiere still. Komm ruhig herein.

Jemand ist vorher gestorben

Als ich zum letzten Mal kam,
roch es im Haus noch nach Kaffee.
Jemand hat die Blumentöpfe
in den Hof gestellt.
Fast hohl ist jetzt das Haus,
und in den Wänden
lebt der Holzwurm weiter.

Zeit vergeht,
und ich suche ein neues Zimmer

Mein Zimmer. Eigentlich ist es mein Zimmer,
oder eins meiner Zimmer. Das vor den Hügeln,
das mit der fliegenden Lampe, früher das.
Du sagst, es ist heute; du zeigst auf das Meer
und die Inseln, und die Lampe,
sagst du, fliegt nicht. Aber der Tisch,
mein Erbstück, du hast ihn langsam erfunden?
Ich verstehe. Du nimmst mir nichts weg, aber
du zeigst mir, daß alles falsch ist?
Vielleicht, ich bin ganz woanders, oder
du bist nicht hier, und ich kenne mich nicht.

Erdkunde. Erinnerungskunde

Der Tisch ist ganz leer. Leergeräumt
ist der Tisch, sind die Fächer. Der Tisch ist alt.
Wer kann ihn gebrauchen; wer nimmt Briefe entgegen,
sammelt sie in den Fächern; wer schreibt
noch einmal sein Leben auf?

Ich bin verschwunden.
Es gibt keine Spuren. Man sieht auch draußen
kein Land, keine Straßen. Es gab einen Stuhl.
Ich saß auf dem Stuhl. Dann stand ich auf
und rückte den Stuhl aus dem Bild.

Zuletzt, wo ich stand: ein Flecken Erde
breitet sich aus. Vielleicht entsteht noch
ein Erdteil. Am Rand kommt schon ein Baum.

Nach dem Verlassen des Stuhls

Oben das Meer unten der Himmel
umgekehrt wird ein Prospekt draus
Hotelzimmerblick
oder eine falsche Nachricht der Poesie
aber die Zeit gab es als niemand mehr wagte
von einem Baum zu sprechen
er war der Verbrecher
indem er leichtfertig den Wörtern die Geschichte nahm
im Gegensatz zu einem einzigen Blick
einer Möglichkeit

Ohnehin anders verhält sich das Leben unterm Horizont
wer wußte das nicht
wer wollte es so oder so
das ist vorbei

Der Wind ist erkennbar zurückgekehrt
bläht die Gardine
komm hervor aus dem Hintergrund des Zimmers

Ich bin längst draußen

Damals stellte ich mir einen Stuhl in die Luft
mit dem Rücken zu den Dingen
viel geschah und nichts geschah
unbemerkt konnte ich weggehen
sicher der verlassene Stuhl ward bemerkt
sonst gab es ja nichts
ich werd's mir noch überlegen
wer will kann einmal rufen
wer nicht hat nichts zu sagen
ich komme dann und sage umgekehrt geht es auch
nämlich die geringste Erfahrung
ist ein Anfang
in der Luft geht es weiter

Abhängig sind wir vom Wind

Von den Hügeln der Stuhl
ist herabgestiegen. Jetzt biegt sich
der Fußboden unter der Last
eines Waldes. Im Herbst, wenn
der Flügel offen bleibt,
fliegt aus dem Fenster das Laub.

Flug

in der Nachtfrühe abwesend bin ich
eben ragte mein Kopf auf vor den Flächen des Himmels
Wolken berührten meine Haut
es war hell ein heller Ausschnitt der Welt
eine neue Freiheit des Mondes
verwischte Dialektik in seinem Bereich
ein Kissen wo ich einst lag
mit den Erinnerungen an eine Wiese
klare Dinge rückte der Traum noch herein
der Traum von Holz und Zinn
am Rand unserer Erfahrung
eine kühle Öffnung der Traum entfernte mich

Aus der Familiengeschichte der Statuen

Du hast mich gerufen. Ich bin
gekommen. Und nun,
du bist nicht da.
Die leere Terrasse, leer dieser Stuhl;
der Schreck hat mich fast gelähmt.

Das Jahr ist vorüber. Wie lange,
und überhaupt, soll ich warten?
Ich kann mich nicht rühren. Ich soll
mich nicht rühren, sagtest du einmal
und hast es bald geschafft.

Das Muster der Beziehungen

Weiter Weg; was soll ich erzählen? Ich weiß,
die kalte Sonne verfolgt mich. Sie kennen
die Promenaden von Spa? Ich verlor, ach,
und ich gewann. Gewinne sind eine Last,
und deshalb wenig Gepäck. Am liebsten
würde ich schweben; Sie erinnern sich an
des Menschen Traum? Aber ich meine es anders,
ich meine, man berührt noch eben die Erde.
Man käme weit. Keine Verfolger. Was nützt
den Bäumen der Wind? Gefesselte! Nur
ihr Schatten geht weiter. Früher war ich so leicht,
ich war das einfachste Spiel; mein Körper,
nicht umgekehrt, bewegte die Zeit. Wo bin ich
gelandet? Erscheint jetzt die Eifel?
Meinerseits bin ich, wollte ich sagen: von hier?
Pardon, ich wollte nicht fremd sein; als Fremde
bleibst du entfernt, obschon ich doch hier bin,
ganz in der Nähe. Den Koffer kannst du vergessen;
ich zeichne gern, mal Koffer, mal Felder,
mal offene Fenster; ich seh mich gern liegen
im offenen Fenster. Da hinten, da unten?
Sie meinen: belgisches Gebirg? Sie hören nicht zu.
Ich wollte erzählen. Damals Promenaden.
Wir bewegten uns aufeinander zu; am Ende,
ich trug einen Koffer und hatte einen Hut,
Sie kannten mich nicht, es waren zwei Bäume.

Ein Fremder kommt und kennt die Ortsgeschichte nicht

Verlassen haben die Leute
die Häuser. Im Kirchenbuch fehlen Namen.
Schreckzeit der Gemeinde, Hexen, Dürre, Heere,
Heuschrecken und Flut. Der Spielkäffer kam,
erzählte vom Teufel und fiedelte. Irrlichter
im Busch; die Frau des Müllers treibt im Teich.
Was hätten wir getan? Mein Ahn, der Ackerer, floh
Achtundvierzig. Verschwiegenheit: da hatten wir
die Familiengruft. Und hinter der Tür
ein Gespenst; im Dunkel sah ich leuchten ein Tuch.
Verwirrt hat uns nichts. Bis zuletzt blieben
einige Frauen; zwei Schwestern schlossen sich ein.
Dann brach das Dach, zerbrach der Starrsinn; wer
wollte denn lernen, Widerspruch, Streik? Verfluchtes
Wasserrecht, das Mühlrad lief, und nichts da
zum Mahlen. Mir blieb der Hocker; ich kaufte
dazu den Trog und den Schrank. Und draußen,
im Schnee der Baum, ich sah ihn plötzlich kommen.

Verfolgt vom Alleinsein der Frau

Jetzt bin ich nur müde. Ich warte noch immer. Das ist
nicht mehr als gewöhnlich. Das ist fast vergessen: als ich
im Zimmer umherging und horchte, und hörte, was mit uns
die Zeit macht, die schabende Zeit. Kannst du mir glauben,
die Zeit schabt. Gleiches, graues Geräusch, wie Regen,
nachts, und es regnete nicht. Einst platzte ein Stern.
Da war der Himmel ganz hell. Vielleicht, es war
eine Drohung, ein Zeichen, daß wir aufhören können
zu warten; es ist so lang her, der eine Baum steht noch.
Jetzt schau ich wieder hinaus. Nichts mehr kann mich
erschrecken. Jeder sieht mich. Wenn ich nicht mehr will,
ratsch, die Gardine ist zu. Du siehst, ich hab
meine Möglichkeiten, und ich pflege sie weiter,
die guten Möbel, blinkendes Holz. Natürlich bin ich
manchmal nicht richtig. Ich meine, mehrfach komm ich mir
vor: im Baum eine Dohle, im Vorhang eine Falte,
ein kalter Riß im Himmel. Oder etwas ganz Weißes;
wirklich, ich wollte früher der Schnee sein. Jetzt hab ich
zwei Hände. Die eine zergräbt mir die Stirn; die andere
seh ich, Rest meiner Ruhe. Jedes Gewitter laß ich vorbei.
Es gibt auch noch andere Bäume, nur hab ich aufgehört,
immer zu zählen. Jetzt bin ich ganz wach. Kommst du vorbei,
jedenfalls wirst du mich sehen, ich seh dich. Mehr will ich
nicht, weiß ich auch nicht; du kannst weitergehn.

Wo man sitzen und den Mond vergraben kann

Kann sein, daß sie kichert. Daß sie allein
sitzt, kümmert sie nicht; die Krakel sind auch nicht
für jemand gemacht, an der Wand.
Eines ist klar: Entscheidendes ist nicht; kommen
kann der Herbst wie er will; der Besen hat Zeit.

Blickt sie wohin, und wartet? Wolken stehn
zwischen den Wäldern, und sie denkt,
mit den Wolken möcht ich schon sein.
Einst, weiß sie noch, schwebte sie mit
über den Süden, erzählt, Kranich war ich.

Bleibt sie jetzt länger? Abends kriecht sie zurück,
morgens rollt sie heraus: der eine, der andere Wald,
wo schläft sie? Was hat sie jetzt vor? Draußen,
blaß, oder drinnen, hängt noch der Mond; wo,
fragt sie, schwarzes Loch, grab ich ihn heute ein?

Wer im Sommer ich bin

Wenn ich erst anfange, ich höre so schnell nicht auf.
Der ganze Sommer. So lange war ich nicht hier.
Fast meine ich, der Nachbar kennt einen nicht mehr.
Der hat seine Wiesen gemäht.
Jetzt tu' ich dies, oder tue ich das?
Wer sagt denn, ich sei müde?
Komm ruhig heraus; ich kann dir was zeigen.
Du siehst nicht, was ich sehe, in diesem Moment.
Irgendwo hat hier 'ne Sichel gelegen.
Hast du gerufen? Es geht schon, es geht.
Die Luft riecht nach Heu.
Kannst du mich überhaupt sehen?
Ich mache ja weiter, ich versuch' es noch mal.
Der Nachbar kann mir gestohlen bleiben.
Ich weiß nicht, müßte es regnen?

Ensemble

Kommt das Meer näher, entfernt es sich heute?
Warum heute? Ich weiß davon nichts.
Du hörst mir nicht zu. Wir könnten hinausgehn.
Ich könnte euch Sachen erzählen, ihr werdet's nicht glauben.
Am Horizont verändert sich nichts.
Bald wird es dunkel. Mir ist es nicht kalt.
Seid still; ich höre die Brandung nicht mehr.
Du bist kalt wie ein Fisch.
Der Himmel war schon mal näher. Mir fehlen Berge.
So könnte es bleiben; mir fehlt nichts.
Ich sehe keinen einzigen Menschen.
Das macht nichts. Du hörst mir nicht zu. Vergiß es.
Du wolltest noch etwas erzählen.
Sieh mich nicht an. Weißt du, was Angst ist?
Jetzt kommt die Brandung zurück.
Die Hänge, abends, leuchteten rot. Das war in den Bergen.
Bewege dich mal, du bist doch nicht tot.
Ich könnte hier bleiben und meinen Namen vergessen.
Wann kommen die Schiffe zurück? Du wartest?
Ich habe einen Matrosen gesehen. Spätestens morgen.
Er hat rote Haare. Morgen bist du verrückt.
Der Sand weht ums Haus. Ruhig die Luft.
Die Hände werden zuerst kalt. Ich wärme dich.
Ich habe nichts gesagt. Ich warte nicht drauf.
Ich komme nicht einmal, wenn du schreist.
Da sinkt der Himmel ins Meer.
Wir könnten hinausgehn. Ich sehe nichts. Wo?
Du bildest dir alles ein. Ich hab nichts.
Zeig her, deine Tasche. Jetzt kannst du's sehen.
Du hörst mir nicht zu. Das Meer kommt jetzt näher.

Aus der Geschichte der Gleichzeitigkeit

fünf Berge und eine Schrift
im Hinausschaun im gelben Ambiente im lautlosen Sturm
es ist ein Stehen und Gehen einmal mit Schuhen
die Gleichzeitigkeit zwischen den Flächen des Traums
erzählte ich über die Gleichzeitigkeit einst
das sind drei Frauen
die eine bewegt sich die Gruppe bleibt starr
im gelben Ambiente ganz nahe und fern
schießt Gewächs nach Norden und Süden
fünf Berge und die unsichtbare Erde
im Hinausschaun für lange schießt im Boden Gewächs
erreicht nicht den Baum rücksichtslos bleibt die Stille
die winzige Sehnsucht der Gräser
kein Satz für die alten Dahlien des Aufruhrs
als ich erzählte die Geschichte der Gleichzeitigkeit
in der zähen Grammatik
die Felder getrennten Lebens
da sind drei Frauen die eine in Schuhen
wäre die Stimme der Typographie
zwischen fünf Bergen und einem Baum
im Hinausschaun die gleichzeitig möglichen Geräusche
zwischen den Ebenen aufgeschichtet
unter den Wurzeln über den Wipfeln
und umgekehrt in der Umkehrbarkeit der Schrift
von welcher Seite erzähle ich weiter
erwähne die Ziffern des Regens und wie es trippelt dazu
der Baum einzig weiß es
auch ein mehrfaches Schicksal so hast du gezeigt
die eine Frau geht
wenn zwei Statuen bleiben im gelben Ambiente
im Hinausschaun auf deine Nachricht die Schrift
in der Ebene im unsichtbaren Sturm in Schuhen
die Gleichzeitigkeit zieht vorbei
es ist draußen und drinnen ein stilles Geschiebe
erzähle ich zwischen den Flächen des Traums

Die andere Seite der Ruhe

Auch hier regnet es nicht.
Du würdest vermutlich die Vorhänge schließen.
Die nassen Himmel beleidigen dich.
Du leugnest den Regen.
Wo gibst du den Regen hin?

Da sind aber Wolken.
Vermutlich der Süden, oder der Norden.
Das Zimmer bleibt hell wie der Tag.
Könnten sie fliegen, die kleinen Gardinen,
sie wären bald mit unterwegs.

Bleiben die Berge.
Sie bleiben ferne und flach.
Oder das Zimmer bewegt sich ein Stück,
und die Berge verschwinden. Die Berge
verschwinden. Das Zimmer bewegt sich?

Dem Tagtraum folgen die Verbrechen

In deinem Office, Hochhaus mit Klimaanlage
und Blick auf die Stadtautobahn: stell dir doch vor
einen Krug, mit grünem Blumenkohl, Broccoli, drin,
und statt der Bunkerböden sind es hölzerne Dielen,
die beim Betreten der Stube knarren.
Mattbraunes Panzerglas? Ach was,
im Seewind bauscht sich weiß der Vorhang.

Brandgefahr? Schreibt die Verwaltung Resopal
und Metall vor, Karteischränke aus Blech?
Laß wackeln den alten Holztisch, und bring
vom Sperrmüll den Obstkorb mit, und klau dir,
vor der Vernichtung, ein paar Tomaten.

Und du weißt doch, was Farn ist, der Schrecken
des Innenministers, weil der Wald explodiert
im Mai. Ein Würzelchen genügt, im Sommer schon
getarnte Fensterrampen, ganz ohne Demoskopie.

Verführe sie mal, sie macht sofort mit, eine Kahnfahrt
kennt sie an dir nicht, deine Sekretärin. Der graue
Gewerbehimmel stimmt nämlich nicht, das ist bloß
Dunst überm See, der am Inselufer sich hebt. Mach mal,
storniere den Prospekt, Zypressen sind gleich gegenüber.

Variation der Möglichkeit des Verschwindens

See könnte sein daß sie überrollt
in Ostende die Muster von Herkunft und Reise
umgeben das Ich unsichtbar geworden
in der Beschreibung der Flucht
nächste Küste
aber der Herbst dazwischen geschoben

Wälder Klavierspiel George Winston
mit wilden Birken
die groß gewachsene georgische Projektion
wächst weiter aus der Umgebung heraus
unter wechselnden Fensterblicken
spricht mit welcher Stimme das Ich
unterwegs ob in der Menge der Gehölze
im vermeintlichen Gebirge im Wassergeräusch
tickt die Versteinerung
glitzernd zeigt sich ein möglicher Zustand
Windstille vielleicht geschieht sicher nichts
zwischen Himmel und Gardine
eingerahmt das Ich bleibt Distanz

zwischen Zimmern Klavierspiel George Winston
in Wäldern im Herbst mit Himmel
und See im Blick die Nähe
der bergischen Wiesen gleich unterm Haus
in der Gleichzeitigkeit der Beschreibung
vom Ich in Ostende überrollt vom Gebirge
der See bis zum Verschwinden wird möglich

25.8.81

Suchbild, und hinter dem Rücken die Ungeheuer

Du schaust nicht mehr zurück, das sieht man.
Etwas in der Ferne draußen, das interessiert dich.
Das Zimmer fast geräumt, hinter deinem Rücken.
Beschäftigt bist du jetzt mit den Möglichkeiten des Landes.
Flächen und Säume.
Verschiedene Gewächse, und die Bewegung der Steine.
Das nimmst du wahr.
Hinter deinem Rücken, nichts lebt mehr.
Dennoch, das Zimmer verschwindet nicht aus deinem Gedächtnis.
Auch nicht, was im Zimmer vielleicht noch vorhanden ist.
Vielleicht nur eine Birne, auf dem Fußboden eine Birne.
Du könntest die Birne vergessen, aber du vergißt nicht,
als sei die Birne ein altes Problem.
Du schaust hinaus, in die Szene der Möglichkeiten,
aber vor Augen hast du die Birne, das Zimmer, die Birne.
Das Obst im Herbst, was ist das für ein Problem?
Es ist keins, und dennoch, du siehst,
was im Zimmer hinter deinem Rücken geschieht.
Natürlich siehst du es nicht, aber du stellst es dir vor.
Und was du in deiner Vorstellung siehst, das ist es,
deshalb schaust du hinaus, immerzu.
Du könntest die Augen auch zumachen.
Gar nichts mehr sehen.
Aber du willst ja noch etwas sehen, und suchen.
Was immer, nun siehst du, ein Stück vom Horizont ist verstellt.
Die Birne dehnt sich aus, bald riesig, hinter deinem Rücken,
auf dem Fußboden, in der Nähe der Tür.

Betreten verboten. Entwurf einer Baulandschaft

Altes Land; im Lesebuch war es
der Holzschnitt, die Winterbeschreibung, und Raben
saßen im starren Geäst. Die Armut
hatte ihren Freund, den Frost. Der Schlaf wohnte
hinter der schwarzen Wand. Was der Heimatverein
alles nicht weiß.

Hinausschauen kann ich nicht mehr; es gibt
nichts. Es gibt ein gleichbleibendes Geräusch.
Zu lange gelebt, das betrifft keinen Raben, und
das Alter tut nichts ohne Verwaltung.

Bachwiesen; Bauland, mein Architekt war
der Biber. Rettung aus der Sommerluft brachte
die Libelle. Der Tod, der große Bungalowblick.

Früher oder später

Die Katze lebt nicht mehr.
In den Schüsseln die Pflaumen, die Brombeeren,
alle vergiftet.
Die Einmachgläser beschriftet mit einer Warnung.

Als du hinausgingst,
saß die Katze wartend im Hof.
Den Winter, dachtest du, würden wir überstehen.
Nach jedem Regen wuchsen die Büsche weiter,
und die Mauer schützte uns vor der Eiszeit.

Nichts weißt du.
Kurz vor dem Ende wirst du
Gardinen waschen, Geranien gießen,
und auf den Hügeln die Wälder sind tot.

Reise, noch später

Später kamen wir einmal zurück. Einer
der Kriege war vorbei. Wir suchten
nach diesen und jenen Leuten, erinnerten uns
an die Sprache des Landes. Hier gab es
noch den Sommer; die Öde,
die wir hinter den Bergen ließen, folgte
schon nach. Viel Zeit war auch hier nicht;
Risse durchzogen die Gegend. Unbeschädigt
stand ein Gehöft, unbewohnt; vom Haus,
das wir suchten, fanden wir ein Fenster.

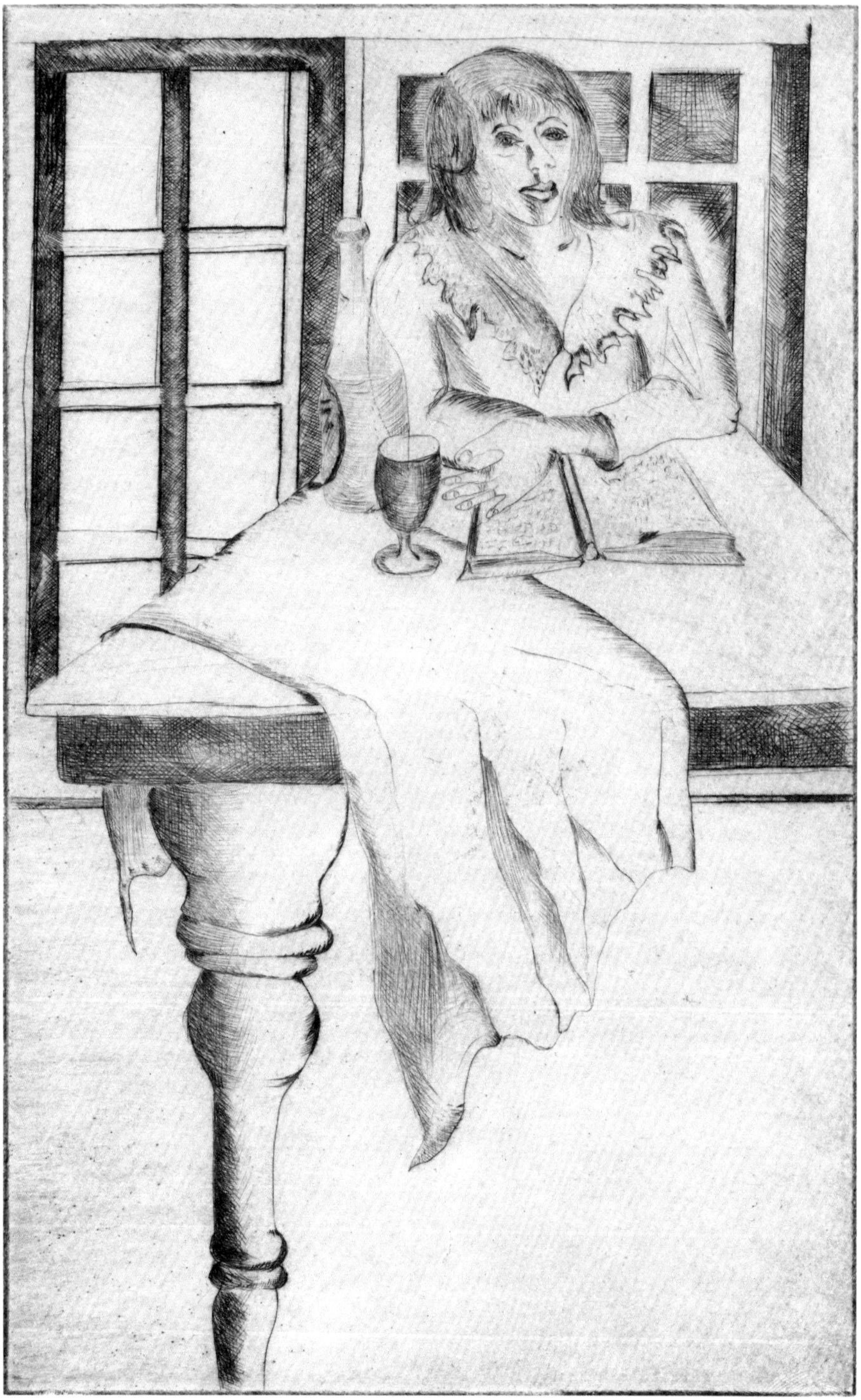

Wir leben und arbeiten zusammen, und so entstehen die Konflikte

Einerseits keine Probleme. Der Haushalt jedenfalls
ist es nicht. Mit was du anfängst, kommst du
denn immer zurande? Irgendwie bin ich
gelähmt, indem du genau das erwartest.
Was machst du da draußen? Weder regnet noch
schneit es, es hat auch keiner gerufen.
Ich werde schon noch, bloß nicht dieses
Hin und Her. Ist doch erstaunlich,
was alles von selber passiert. Ich begreif nur
zur Hälfte, und die andere Hälfte
gibt es nicht. Reg dich nicht auf. Du bist
gar nicht so, wie du bist. Noch einen Schluck,
dann stehe ich auf, oder auch nicht. Jedenfalls,
solange ich sitze, geschieht hier kein
Unglück. Andererseits weiß ich nicht weiter.

Unterwegs ins nächste Leben

wir müssen bald gehen
draußen die Äste lassen keinen Zweifel
die Wärme in den Mauern trügt
es war ein schönes Hin und Her im Sommer
das Haus stand offen
wir atmeten sorglos
ich hörte dich kommen und dachte an nichts
vorläufig heißt es
unwiderruflich
und niemand will es so wie es kommt
die Hoffnung lassen wir hier
den Eimer lassen wir stehen

Verzeichnis der Gedichte und Bilder

Geschehen in der Vorgeschichte
Fensterbild 1
1980. Collage, Tempera. 12 × 16,5

Zögernd betritt der Besucher das Zimmer
Fensterbild 2
1981. Radierung, Aquatinta von zwei Platten. 15 × 9,5

Jemand ist vorher gestorben
Fensterbild 3
1981. Radierung. 24,5 × 18,5

Zeit vergeht, und ich suche ein neues Zimmer
Fensterbild 4
1981. Radierung. 24,5 × 8,5

Erdkunde. Erinnerungskunde
Fensterbild 5
1980. Bleistift, Collage. 17,5 × 11,5

Nach dem Verlassen des Stuhls
Fensterbild 6
1980. Radierung, Aquatinta von zwei Platten. 16 × 12,5

Abhängig sind wir vom Wind
Fensterbild 7
1981. Vernis mou. 32 × 25

Flug
Fensterbild 8
1979. Collage, Tempera. 11,5 × 11,5

Aus der Familiengeschichte der Statuen
Fensterbild 9
1981. Radierung. 24,5 × 15

Das Muster der Beziehungen
Fensterbild 10
1981. Radierung. 22,5 × 24,5

Ein Fremder kommt und kennt die Ortsgeschichte nicht
Fensterbild 11
1976. Collage, Tempera. 9 × 12,5

Verfolgt vom Alleinsein der Frau
Fensterbild 12
1976. Collage, Tempera. 14 × 11,5

Wo man sitzen und den Mond vergraben kann
Fensterbild 13
1981. Collage, Tempera. 24 × 19

Wer im Sommer ich bin
Fensterbild 14
1981. Radierung, Aquatinta von zwei Platten. 15 × 10

Ensemble
Fensterbild 15
1981. Radierung, Aquatinta von zwei Platten. 15 × 10

Aus der Geschichte der Gleichzeitigkeit
Fensterbild 16
1981. Radierung, Aquatinta von zwei Platten. 21 × 15,5

Die andere Seite der Ruhe
Fensterbild 17
1979. Collage, Tempera. 21,5 × 17,5

Dem Tagtraum folgen die Verbrechen
Fensterbild 18
1979. Collage, Tempera. 13,5 × 16,5

Variation der Möglichkeit des Verschwindens
Fensterbild 19
1979. Collage, Tempera. 16,5 × 16,5

Suchbild, und hinter dem Rücken die Ungeheuer
Fensterbild 20
1981. Radierung. 15,5 × 20,5

Betreten verboten. Entwurf einer Baulandschaft
Fensterbild 21
1977. Radierung. 19,5 × 17,5

Früher oder später
Fensterbild 22
1981. Collage, Tempera. 19 × 17,5

Reise, noch später
Fensterbild 23
1981. Collage, Tempera. 5,5 × 19,5

Wir leben und arbeiten zusammen,
und so entstehen die Konflikte
Fensterbild 24
1982. Radierung. 24,5 × 15,5

Unterwegs ins nächste Leben
Fensterbild 25
1976. Collage, Tempera. 18,5 × 12

Die Gedichte sind 1981/82 entstanden